KB274601

장미 연못

장미 연못

초판 1쇄 2011년 7월 6일
지은이 김윤숙
펴낸이 김영재
펴낸곳 책만드는집

주소 서울 마포구 합정동 428-49번지 4층 (121-887)
전화 3142-1585·6
팩스 336-8908
전자우편 chaekjip@naver.com
출판등록 1994년 1월 13일 제10-927호
ⓒ 김윤숙, 2011

ISBN 978-89-7944-366-0 (04810)
ISBN 978-89-7944-354-7 (세트)

김윤숙 시집

책 만 드 는 집
시인선 008

장미 연못

책만드는집

농장 주변에 옮겨 심은
사철나무가 새싹을 틔웠다.

마른땅에 뿌리 내려
솟아오른
저 여린 잎들.
햇살에 눈부시게 반짝인다.

사방이 온통 푸르다.

내 詩도
더 깊이 뿌리 내려
잎새 푸른 나무가 되었으면 한다.

−2011년 6월

김윤숙

| 차례 |

4부

5부

1부

섶다리

당신,
밟고 가시라 강가에 몸 뉘었지만

보내지 못한 마음 끝내 남아 흔들립니다

섶 가지, 다 하지 못한 말 옷깃에 채입니다

황매

늦봄이라 서둘렀나
황매화 어롱진 눈물

햇살이 쏟아진 오월
지은 죄도 사할 것 같은

꽃잎이 사방 날리는, 아픔도 꾹 참는다

남천

그만 내려놓으라고 네게 연신 되뇌지만

저 성성한 남쪽 하늘 차마 놓을 수 없던

눈가에 번지는 눈물, 이내 붉게 맺혔네

모퉁이를 돌아서면 한 생의 그 흔적들

바람 타 흩어지는 꽃잎처럼 속수무책

마른 몸 기도 품었듯, 기적 없이 새순 돋네

가파도

모슬포항 비릿함에 젖어야 이르는 곳
그리움도 질긴 인연도 여간해선 못 들이는
지금껏 쌓던 탑마저 슬며시 놓아야 하네

포제단 숨비기꽃이 자맥질하는 시각엔
누군가 대신해서 치렀을 제의인 듯
사방에 별빛이 내려 눈을 뜰 수 없었네

끝내 쫓아와 놓아주지 않던 바닷새 울음
바다식당 여주인 낭창낭창 밥 주문하라는
그 어떤, 언약보다도 나를 깨우는 시장기

소나무 사랑

앞산의 송홧가루엔 젖은 옷 널지 못한다
뼈마디 부서져 날린 허공의 메아리 같아
함부로 박힐 수 없는 저 푸른 사랑의 징표

언제 한번 사랑 위해 온몸을 태웠나
뿌리마저 흔들고 나를 마구 뒤흔드는
살비듬, 내게로 와서 뜨겁게 타는 것을

문경새재

버들치 계곡이라 명명하며 산길 오른다

속살 드러낸 물빛엔 차마 눈길 못 주고

적송이 이끄는 데로 내 안의 봇짐 풀었다

가도 가도 십 리라 마음은 하늘에 닿아

되뇌던 욕망도, 하고픈 말도 부질없어

산수유 노란 꽃잎에 날래 숨는 버들치 된다

문경새재 험한 산길 그냥은 못 지나쳤을

고요를 무너뜨린 주막의 트럼펫 소리

봄 계곡, 물결 일렁이며 버들치 튀어 오른다

추억

벗꽃 목련 봄꽃들,
잠시 피었다 이내 툭 진다

켜켜이 쌓인 그리움
다 못 놓을 것 같은데,

철 지난 옷가지처럼
분리수거 될 수 있나

꽃 진 자리 아쉬움에
다시 솟는 푸른 잎

지워도 또 지워도
다시 솟는 그리움

한순간 꽃 지고 피듯
이파리 하늘 받든다

휘파람새

이른 새벽
며칠째를

새가
와서 울고 있다

어머니 아버지,
뚝 끊긴 이승의 전화

물소리 뱉으며 운다
흘천변
꽃댕강 피듯

연어 이야기

벚나무 단풍 들듯 산란기의 연어들
뜯겨지고 채여도 어머니 품 안기고파
몇천 리 달빛을 따라
빠르게 유영한다

북태평양을 지나 남대천으로 회귀는
살갗이 벌겋게 터지는 찬란한 용기
어머니 자궁 속으로 들어가 숨 끊는다

너에게 가는 길도 맹목의 질주라야 했지
저 바다 물결 따라 흘러간 내 안의 섬
난류를 거슬러 올라
오직 너를 향한다

봄날

황사 걷히고 볕바른 날
그 어디든 못 간다
집 앞 빈터 유채꽃이
환하고 눈부실 때
섣불리 집 나서는 일은
그 누구도 예의 없는 일

모두가 일터에 가서
인기척 없는 한낮
한라산 어승생 자락
마음 먼저 올라가
아파도 그냥 못 아픈,
봄날 햇볕에 갇히다

술패랭이꽃

가라쓰 시 이삼평* 후손의 도자기 전시장
접시에 핀 술패랭이꽃 허리 폈다가 굽힌다
남몰래 가슴에 쌓인 슬픔, 꽃으로 피었을까

수산 집 바깥채 일본 삼촌 화분의 꽃이던
징용 온 남편 따라간 제주에서 그린 고향
임종 때 지니고 못 간 그 한 줌 햇살이여

맹독 같은 그리움으로 빚은 그릇 전시장
한하늘 이고 살아도 고향 못 밟았던 이들
불가마 달군 눈물에, 허리 펴는 술패랭이꽃

* 임진왜란 때 일본으로 끌려간 조선의 도공. 아리타 도기의 시조가 된다.

겨울, 애월에 서다

풍랑에 떠밀리는, 아니면 또 돌아오는
저것은 제주 수선 한파 속의 금잔옥대
바람이 전하는 잔을 두 손으로 받는다

끊임없이 따라가던 중국의 시안성처럼
파도가 축조했나 이 끝없는 단애는
여기서 짐을 부린다 기껏 애월에 와 걸린 달

달은 파도칠 때 벼랑으로 떠밀린다
애월에선 누구도 정착하지 못하는지
허공의 가마우지가 일획 울음 참고 간다

봄빛

삼나무 농로 돌담 곁
마른풀 그 사이에

빛바랜 계절 털고
일어선 초록의 물결

자리를 잠시 비키니
내 앞에 봄을 펼친다

골목 언덕길 만나는
폐지 실은 손수레

따습던 봄바람이
바퀴살로 돌고 돌아

쪼그린 노인의 어깨
주무른다. 봄빛 한때

건천

그리움 내려놓으니 파인 가슴 보인다
지난해부터 조금씩 줄어들던 내도천 상류
건기가 지났는데도 조약돌이 뒹군다

냇가 언저리 발을 뻗는 괭이눈, 봄까치꽃
저렇게 꽃 피우려 물길 잠시 멈췄는지
얼굴에 내리는 봄빛이 아롱져 눈부시다

그 어떤 기도가 끊긴 물길 붙들어 매나
물살에 얼비치던 고만고만한 마음이
햇살을 쪼갠 하루 끝, 건천도 몸 꿈틀댄다

2부

노래의 진원지

온몸으로
생을 들어 올리는 풀벌레 소리

늦여름 이 저녁 뜰
귀 밝혀 앉지 못하겠네

마음을
쏠쏠 비워내는
어머니
그 말씀 같아

굴비

한 두름의 추억에

한 끼니 밥 먹었네

입속의 다디단, 그 바다가 들어찼네

몇 날을

해풍에 몸 맡긴

네 땀이듯,

눈물이듯

아득한 길

여름으로 무한정 들어서니 첩첩산중이다
차 한 대의 벼랑길 물러설 자리 없는
지리산, 안개 숲에서 순식간 세상 놓치던
네게 이르는 길, 몇 번을 놓쳐야 하는지
졸참나무 잎 사이 풍경에 등 떠밀듯
발밑은 아득한 절벽
끝내는 가야 하는

무엇을 찾으려 했나 이 길 끝에 이르러
청학의 날갯짓에도 여태 맴돌던 산 중턱
눈앞의 길을 두고서,
에돌아가던 그 여름

우포늪

1

소처럼 돌아누운 그대 등을 밟고서야,
늪으로만 깊어지는 유월을 보았다
창포에 머리 풀었던,
그녀 다시 만났다

2

초여름 아득한 지평 다 못 전한 안부처럼
왜 그냥 가냐며, 감기는 환삼덩굴
떼내도 달라붙는다
차마 못 보내는 애인처럼

조각보

쓰다 만 천 조각
한 무더기 얻어 왔네
몇 번의 덧난 생각 촘촘히 땀 놓는 동안
흩어져 뒹굴던 한 생이 기워져 갔네

누구는 푸른빛으로 또 누구는 붉은빛으로
온몸을 뜨겁게 친친 휘감았겠지만
속박의 실밥 터지듯 속살 드러낸 적 있네

마름질로 다지던 틈새 다시 기우며
외고집 비틀한 가슴을 쓸어내리네
손바닥 그 하늘 아래,
수만 리 길 있네

동백꽃

폭설 그치고
동백나무
동박새 찾아들었다

순백의
그리움을
가슴 깊이 껴안아

새소리
붉은 울음도
툭, 툭, 툭
던져낸다

백동경*

때 묻은 거울 속 부릅뜬 눈 마주쳤다
한 올 한 올 수염마저 금빛으로 타오르는
붓을 쥔 조선의 사내 되살아나 꿈틀댔다

하늘과 땅 산과 들이 고스란히 들어앉아
백동을 녹이며 다시 솟는 불꽃처럼
퍼렇게 녹이 슬었던, 그 이름도 탈 것 같은

종가의 내력 같은 박물관 댓잎 터에
수묵빛 바람 일어 백매 향 흩어진다
시대를 관통한 바람에, 이 순간 매인다

* 해남 윤씨 종가에서 사용했던 거울로 공재 윤두서 선생이 자화상 그리는
데 사용했다.

명사십리_{鳴沙十里}

36

발이 푹푹 빠져든 명사 바다 속울음이

완도행 뱃머리부터 이명처럼 맴돌았다

십 리를 간다는 울음

전량 사랑이었다

칡넝쿨

도서관 길 공한지
칡넝쿨 세상이다
측백나무 휘감아 넌출거리는 점령지
손바닥 연두 이파리로
몸을 칭칭 감았다

밑동에서 우듬지로
그물을 쳐놓은 건
넝쿨꽃 피울 저만의 자리라는 당돌함에
귀퉁이
들어선 나무도 동참하는 중이다

잡풀도 땅 밑뿌리로
설 자리 잡았을 터
여름 한철 푸르게 엮어내는 질긴 인연을
누구도 밀치지 못하는
공한지 숲이 뜨겁다

바람의 날

선녀가 내려왔다는 오름이어서일까
눈 내려 주위가 온통 빛으로 환할 때
억새는 싸리비 되어
바람을 쓸고 있다

나는 한때 너에게 모든 것을 맡겼지
제주 바다 굽어보는 오름 올라 글썽이면
쉼 없이 불씨 살리려 몸을 낮춘 바람이여

산록도로의 저 길들을 마음에서 지우고
허공에 무수한 길들을 내어놓으며
괜찮다 그저 괜찮다,
바람은 저를 버린다

비자림 연리목

그 오랜 시간 머물던 바람의 초록 향기는
나무의 몸을 핥고 전신에 피 돌게 한다
유월 숲, 어떤 상처도 예서는 아물 것 같은

경계를 풀어 살갗이 짓무르고 하나 되는 일
연리목 신령스런 사랑 그만의 방식으로
이제는 굳어진 명치끝, 딱따구리가 헤집는다

내게 정녕 전하고픈 무슨 말 있었을까
나무의 등걸마다 글자 한 자씩 새기는
초여름 먹먹한 사랑에 먼 하늘 우러른다

추자도

여름 끝 추자도는
입안 가득 단내 고였다
누군가 내려놓은
배낭 속 오랜 기억처럼
한 번 더
발 딛어야 할 곡진함이 절로 일듯

해안 길도, 산길도
물살에 묻혔다 여는
큰 여 앞 조약돌 수면을 때리는 물수제비도
언제나 심해 그 자리
발 딛는 일이었을

더 이상 내게로 오지 않는 저 바위섬
파도치는 절벽에
하얗게 글썽이는
어머니

짜디짠 생으로
망초꽃을 피운다

빈집

낮은 돌담 함석집
자식들 출가시킨 듯
현관 문짝도 떨어져
주인을 기다린다
저녁때
밥 짓는 연기가
모락모락 올랐을 집

겨울 봄 지나 한여름
집 껴안는 담쟁이가
댓돌 마루며 안방까지
손을 뻗어나갔다
상처에
푸른 피 돌아
빈집이 웅성거린다

으아리

등 따갑게 햇살 내리던 돈대산 등성이서
가던 발걸음 이내 멈추게 하는
바람 한 줄기

산자락
파도쳐 올린
먼 바다 그리움 같은 꽃

3부

갯방풍

이호방파제 해안도로에 편입되어 사라진
해안가 뿌리 내렸던 작달막한 갯방풍들
매립 땅 발걸음 옮길 때 울음소리 들렸다

장맛비가 산중턱 건천에서 흘러들듯
왼편 가슴께로 기울어 절로 일던 네 생각
늦은 밤 가로등 붉은빛 상처인 듯 아리다

수장을 치러낸 듯 꽝꽝 다진 시멘트 바닥
몸이 더 납작해졌을, 못 일어섰을 갯방풍
새벽녘 바다 쪽으로, 끝내 길 나설 것 같다

모슬포

하모리 시퍼런 파도 눈물처럼 시린데

팔월 여름 끝자락, 흙먼지 팍팍한 길

온몸이 흥건히 젖어 가슴 깊게 스민다

산과 바다와 오름이 나를 에워싸고

섯알오름 너른 땅 한끝으로 인도하는

바람결 그 예비검속* 무참함을 듣는다

달개비, 갯완두꽃 총총히 피어올라

매장했던 자리에 남겨진 것은 새 발자국

모슬포, 그 누구에게도 차마 길을 못 묻는다

* 1950년 한국전쟁 당시 모슬포경찰서 관내에서 예비검속으로 구금됐던 3,457명의 구금자 중 252명은 그해 8월 대정읍 섯알오름 부근에서 무참히 학살당했다.

선인장

꽃!
하고 주었더니
손에 가시가 박혔다

바닷가 소금기 밴
손바닥선인장

눈 맞춘
붉은 열매를
살짝 댄 게 화근이다

내
사랑도 그러했다
수많은 명주실 가시

왼편이 괜찮으면
오른쪽이 더 아렸다

자꾸만
가슴 헤집어
눈물 고이게 한다

장미 연못

이파리도 꽃이 되는
초파일 연등 철엔

장미 농장 바닥에선
잘린 잎의 푸른 연못

헛손질 툭 부러진 꽃
튕겨나는
그리움

강화, 덕진진에서

저 거친 물살에도 흔들리지 않겠다던
속살 붉게 드러낸 갯벌의 숨결 따라
내 안의 상처를 닮은 격전지를 오른다

쌓아 올린 성벽 틈새 깃발의 함성 들리듯
왕조의 그 흔적도, 딱지로 앉은 상처도
나들길 섬을 휘돌아, 바람에 흩어졌다

덕진진 바다를 향한 철갑의 총포에서
외진 골목 앉은뱅이로 피고 지는 저 풀꽃들
또 한 번 전승을 알리는, 이름 모를 병사 같다

산유자나무, 여름

때론 잘못 든 길 같다
네게로 가는 길이
무심코 내뱉은 한마디 말 진정 믿었을까
그래서 몸 구석구석 가시가 돋쳤다

오늘은…… 글썽이다 비워놓은 눈망울엔
어긋난 발자국이 어지러이 밟히고
한 알의 열매도 못 단 채
까맣게 타고 있다

비둘기

공원을 터전으로 하루 수차례 맴돌았을
비둘기 발 뭉개져 혹까지 달려 있다
온전히 세상 건너기는, 땅 고르지 않았으니

봄날을 붙잡듯이 사람 시선을 잡아끈 건
조무래기 쌀과자의 부스러기를 바라보다
총 총 총 뒤돌아간다, 떼 안 쓰는 아이처럼

세상 눈물 뚝 그쳐 아무렇지 않은 듯
발부리 혹도 가볍게 잠시 동안 나선 오후
봄날도 뒤를 따른다, 먼 시선 함께 간다

민들레

56

비행장 옆 농장 길엔 언제나 앞서 있다

확장 공사 바리케이드 소롯길마저 차단하는

봄날이 저문 이 땅에,

노랗다 슬픈 경계

계요등

계요등꽃 비양봉 등대 향해 오른다
물빛을 가두어 불 밝히려 하는지
벼린 잎 시퍼런 가슴
그마저 껴안았다

섬에 발 딛자마자 마음 접은 일 알아챘나
갯가 정자 마늘 까던 그 손톱에 전 때처럼
햇볕은 물고 늘어진다,
한 천 년 더 기다리라고

천상쿨

하늘에서 내려온다는
야생풀 그 이름으로,
다시 돌담 위로 솟구쳐 길가 밭 가득이다
서둘러 제 영토 늘리는
폭염의 여름 한나절

수산집 가는 길은
풀씨도 함께 나서는데
먼 이국 큰형님 마지막 인사이듯
깃털의 무장 움직임
손사랜 듯 눈 시리다

우리들은 남겨진
그대로 바람 타는데
오늘따라 저 잡풀의 끈질긴 생명력에
끈 하나 툭, 풀려버린
그 길이 자꾸 밟혀든다

용담꽃

가을이 깊을수록 짙푸른 쪽빛이여

따라비 하늘 향해 왈칵 눈물 쏟아내면

저 들길,

오름 등성이에

별빛으로 남으리

천문산*에서

몇천 년의 날을 바위는 붙들어 매었나
제 몸이 깎이는 고행 저 하늘에 맞닿은
절벽의 숲에 이르러
절로 고개 숙였다

실오라기 그리움도
떨쳐야 천문에 서는
케이블카 외길이 이끄는 또 다른 세상
옹이로 박힌 이름도
허공으로 흩어졌다

끝나지 않는 여정 내 안의 고요가
명승 고도 노점상 비포장 그 길에서
쥘부채 "천 원에 두 개!"
횡재하듯 사 들다

* 天門山, 중국 장가계에 있는, 봉우리는 하늘 닿을 듯 장대한, 산의 사방
  모두 절벽이다. 바위에 굴이 뚫려 있어 하늘에 이르는 문이라 한다.

꽃가위

파도와 파도 사이
이랑 같은 비닐하우스

집채만 한 흔적을
무수히 지워낸 자리

가시로 박히는 이름
꽃가위를 또 댄다

폐원

천여 평 온실 장미를 몽땅 베었다
생가지 자르는 동안 근처에도 못 갔다
환기구 모두 내리고 제풀에 마르게 했다
폐경된 나처럼 허옇게 변하던 이파리
마른 가지 스친 자리에 가시가 박혔다
녹이 슨, 못에 박히듯 시퍼런 독 퍼진다
동거한 날들을 차마 쉽게 못 놓으리
화석 같은 밑동에 시위하듯 솟는 새순
온몸이 꾹꾹 아리다,
장밋빛 피멍으로

적막

싸락눈 내리다 말고 비가 되어 내린다
한 며칠 주문 끊긴 대도시 꽃 시장처럼
손 놓은 장미 농장을 끌고 가는 겨울비

4부

무자년, 고해성사

겨울 끝자락 마른 풀 화르르 타오를 듯

송당리 마을 지나 다랑쉬 저 억새 들녘

누군가 확 그어대듯 이내 불꽃이 인다

발걸음 잠시 놓아도 허공에 눈물 젖는

덤불 속 찔레 제 몸 불씨 살리는 봄은

무자년, 고해성사로 이 땅이 주는 보속이다

광대나물 상모 돌리듯 섬 밖을 떠돌아도

끝내 못 내려놓던 내 등짝의 짐 하나

다랑쉬 잃어버린 집터, 푸른빛에 내려놓다

원추리꽃

바다에
이르지 않으리라던
맹세 두고

안개비 속
저 홀로 붉게 필
다짐 두고

보목동
산 일 번지로 와
섶섬 앞에 흔들린다

입춘

겨울 내내 문갑 위 수북이 쌓인 먼지처럼

까마득 소식 끊겨 차마 잊혀진 목소리는

조간朝刊의 버들강아지,

살얼음에 스며 왔다

남두연대

해안의 적 감시했던
그대를
바라본다

애월의 단애마다
굽이굽이 눈 밝혔을

돌탑의 그 우직함에
세월을 거슬렀다

하얗게 달려드는
일월의 저 눈보라엔

삼별초 항거하듯
비켜 앉은 붉은오름의

끝끝내 못 이른 승전,

남은 불씨
피워낸다

천제연 코끼리 떼
−임관주에 답하다*

어느 밀림을 휘돌아 온 야성처럼
천제연 폭포 따라 수천의 회색 암벽
오늘은 코끼리 떼로 웅성대고 있었다

상소문 올린 죄로 폭포 앞에 섰던 사내
젖은 수건으로 바위 한켠 닦아내면
가슴에 칼금을 긋듯 넉 줄 시가 나온다

봉인된 숨결 같은, 이끼 낀 시경 같은,
내 안에 매복했던 방랑의 무리들이
삼백 년 세월 거슬러 우— 하고 우나 보다

사내 하나 못 울리고 물줄기 놓아주면
휴대폰 부재중에 위리안치 당한 가을
한 줄기 상앗빛 허상, 과녁으로 놓인다

---

* 1767년 제주에 유배 왔다가 해배되던 해 천제연 폭포 절벽에 다음의 사
  행시를 남겼다. 天地淵開大爆流 移來蓁石壁深湫 空中負箭彛人步 第一
  寄觀此射候.

산방산에 매이다

산과 산 사이에
숙명 같은 방이 하나 있다
갈매기 둥지 틀듯 저 벼랑의 산방굴사
해와 달 가는 하늘 길 그 높이의 그 빈터

큰스님 독경 소리 그토록 간절했는지
상선 스페르베르호마저 바닷길 거슬러 와
아직도 표류한 그 자리 허공에 매여 있다

묻나니,
느닷없이 나를 불러 세운 뜻을
산과 바다 사이 감옥 같은 절에 와서
마애명 새기고 뜨신 그 이름을 묻나니

겨울 숲에 들다

한라 등성 시오름 숲은 제안을 비워놓았다
나뭇가지 햇살 받아든 훈훈한 온기에
두껍게 감싼 겉옷 하나 슬며시 벗어든다

코끝을 스치는 맵싸한 향기 뉘신지
빛바랜 추억 모두 단풍물 드는 여기
생각도 물웅덩이일까, 또 낙엽이 떨어진다

아득한 숲길, 돌아서면 저리도 환한 허공
벼린 잎처럼 아리던 그 이름도 부질없어
단풍 든 물웅덩이에 내려 함께 스민다

네거리에서

신도시 도로 옆 공원이 들어선 자리
언젠가 새마을운동 표지석 세워졌다
무심히 지나쳐 갈 뿐 눈여겨보지 않았다

세 잎의 푸른 문양 문신으로 배어나는
늦저녁 부는 바람, 산책로 함께 걸어
기억을 거슬러 가면 아버지가 떠오른다

외진 섬에 혁명처럼 다가온 새마을운동
깡마른 몸 하나로 꼿꼿하게 일어섰던
그 땀의 흔적 감싸듯 도시의 밤 바라본다

방바닥 등진 겨울 뼈마디가 아린다
사백만 미취업 시대 바람은 현絃을 울리고
네거리 어디를 향해 발걸음 옮겨야 할까

탈선

기차는 달리는데 마음 뒤로 향한다

간이역 머뭇대는 사이 내리지 못한

한 번쯤 뛰어내릴까, 말까

늘 망설였던

뼈마디 삭아 쌓아놓은 폐침목 자유를 본다

선로를 껴안아서 칼바람 비켜 갔지만

단 한 번 비명 삼키고

비탈에 쉬고 있다

낙엽
－멀구슬나무

네 안의
그 그리움
언제 다 쏟아냈는지
차마 길 못 찾을까, 몇 날 밤을 새웠나
십일월, 쌓인 낙엽들
노을처럼 붉었다

한때는
그늘이었던
집 울타리 멀구슬나무
태풍에도 휘지 않던 그 약속 그 여름을
비로소 다 놓았다며,
허공에 몸을 맡긴다

늦가을, 벳부에서

여느 곳과 다르다는 생소한 이 도시는
하늘로 솟구치는 구름기둥들 장관이다
늦가을 가운데에서 먼저 닿을 곳 어딘지
유황 냄새가 코끝을 자극해 어지럽고
화산의 거대한 구릉은 죄를 다그치듯
두꺼운 하늘을 밀며 울음을 쏟고 있다

고층 숙소 내려다본 저 도시 불빛 따라
서로에게 빛이 되고 또 나를 끌어안아
진정코 모르는 죄를 불러올 듯도 했다
목욕을 세 번 할 때 면죄부 주는 벳부 온천
노천탕에 몸 담그며 전생부터 따라왔던
마음속 붉은 등짐을, 벗겨내는 가을이여

쇳물의 바다

치타공*은 맨몸으로 선박 해체하는 인부들
쇳덩이 널린 작업장 늘 목숨을 담보한다
일 달러, 하루 일당은 한 끼 밥에 머무는데

뻘밭의 하늘은 저 홀로 더욱 푸르고
그을린 몸 폐부엔 층층 쌓인 쇳가루
'가난은 힘이 세다'고, 강철판 높이 받든다

녹물뿐인 저 바다에 피눈물 다 쏟아내면
고향에 부칠 몇 푼의 돈, 햇살처럼 반질반질
오늘은 마음 비워놓고 카메라 향해 웃는다

* 방글라데시의 항구도시. 폐선박의 무덤이라 불리며, 폐선 해체 작업소가
있다. 그곳엔 가족의 생계를 책임지는 어린 노동자들이 있다.

파랑새

어데서 몰래 왔나 철쭉나무 위 앉아 있다
인기척에 놀랐는지 대문 향해 날아간다
안으로 제발 들어오렴! 그 순간 나래 친다

그런 새가 며칠 뒤 문밖에서 죽어 있다
날갯죽지 아스팔트에 핏덩이로 엉겨서
구제역 생매장 일 때, 한목숨 바쳤을까

폭설은 온 나라를, 산짐승을 하얗게 덮고
푸른 깃털의 새마저 저 눈 속에 묻힌다
한 발짝 옮기는 데도 이명인 듯 새소리다

5부

먼지버섯

그래도 목마르거든 묻지 말고 가시라
누구의 찬송 같은 주일 오후 산새 소리
장마철 내 옷에 아득, 그 얼룩이 보인다

기약도 포자처럼 훌훌히 사라지면
나는 또 어느 숲에 한목숨 놓았다가
눈물 빛 새소리에도 공연히 부푸는가

성가신 사랑니 같은 십 년 된 중고 냉장고
모터를 갈아 끼워도 툴툴대는 이 그리움
별똥별 한 획의 하늘, 내 안의 길 세운다

쌍살벌에 든다

기껏 떠났다 했는데 내 집 뜰에 와 있네
우주의 형상 같은 쌍살벌 벌집 하나
섬 동백, 받든 가지에
매달린 생 환했네

투구 쓰고 산 오르는 한라돌쩌귀처럼
성판악 돌계단을 무작정 올라서면
이쯤에, 하늘빛 한 자락 가둬놓고 싶었네

오래된 사랑 같은 사라악 산정호수
쌍살벌 벌집 같은 저 육각의 풍경 소리
초가을 깻단을 털듯
펑펑 터진 허공이여

들국 십일월

부처 찾아 떠나는 티베트 고원 사람들처럼
걷다가 엎드리고
엎드렸다 다시 가는

제주도
천백도로엔 순례자의 길이 있다

들국도 십일월엔 포탈라 궁 그 불상들 같다
그리움도 거르지 못한 쳇망오름 기슭에서

보았네, 무릎을 꿇어 풀려나는 길 하나

담쟁이덩굴

그 누가 자석처럼
무작정 날 당기는가

한여름 애월 바다 절벽을 박차 오른

방충망 파도를 치는
내, 노동은
그리움이다

아끈다랑쉬*

장마철 다랑쉬 앞엔 둥둥 뜬 섬이 있다

가슴 한켠 그 사람도 먼 바다를 떠도는지

그만한 거리를 두고

소용돌이, 소용돌이친다

* 다랑쉬오름 앞에 있는 원형의 작은 오름. 새끼다랑쉬. 아끈, 다랑쉬 못지
않다.

정교한 형상화와 생태학적 상상력

―김윤숙론

이지엽 경기대학교 국어국문학과 교수·시인

가. 시적 사유의 정교한 형상화

김윤숙 시인은 4년 전 첫 시집을 상재上梓할 때 선명하고 분명한 시적 자세를 보여주었다. 필자는 그때 "그 누가 자석처럼 / 무작정 날 당기는가 // 한여름 애월 바다 절벽을 박차 오른 // 방충망 파도를 치는 / 내, 노동은 / 그리움이다[1]"라는 시를 보고 놀란 적이 있다. 시 본문의 시적 형상화도 그렇지만 전혀 예기치 않던 제목이었기 때문이다. 이 똑같은 놀라움을 독자들도 한번 느껴보라는 의미에서 과연 이 시의 제목이 무엇일까 묻고 싶다. 물론 인용한 것은 이 시의 전문이다.

우선 이 시의 "그 누가"라고 지칭한 것이 제목일 수 있다. 그것은 "자석처럼 / 무작정 날 당기는" 무엇이다. 동시에 그것은 "절벽을 박차 오른" 것이고, "내" 다음의 쉼표나 초장의 "날"에서 보듯 시적 자아인 나이다. 나처럼 그것의 "노동은 / 그리움"이다. 자, 이제 제목이 감 잡히시는가. 그러나 여전히 섣불리 대답할 수 없다. 오히려 미궁 속이다.

이 시의 제목은 「담쟁이덩굴」이다. 그런데 이 시의 제목을 알고 나서 이 시를 다시 읽으면서도 '아하! 그렇구나' 하고 느껴지지 않는다. 바로 느끼지 못하고 의외로 우리는 '왜지?'라고 되묻지 않을 수 없다. 왜인가. "날 당기는가"나 "박차 오른"의 상승 이미지는 위를 향해 오르는 담쟁이덩굴의 속성과 잘 맞아떨어진다. 그러나 정작 이 모든 표현의 끝에 와 걸리는 "내, 노동은 / 그리움이다"라는 표현은 의외성을 가지고 있다. 왜냐하면 이 표현은 다분히 중의적이기 때문이다. 우선 제목과 관련하여 담쟁이덩굴의 벽을 오르는 행위가 그리움이라고 할 수 있다. 담쟁이덩굴의 구체성이 그리움이라는 추상과 만나면서 시인의 시적 상상력은 한결 탄탄해진다. 그러나 이 표현은 여기서 그치는 것이 아니라 시적 자아의 노동이라는 것이 그리움이라는 것까지를 내포한다. 농장을 운영하고, 시를 쓰는 것이 그리움이라는 것이다. 담쟁이덩굴이 바로 시적 자아라는 것이다. 여기에 이르면 의표를 찔린 것 같은 충격을 받는다. 시인은 이 모두를 고려하고 작품을 썼다는 얘기다. 시인이 시 창작 과정에서 얼마만큼 자신을 단단하게 단련시켜왔는지를 엿보게 하는 대목이다.

김윤숙 시인의 이번 시집『장미 연못』은 첫 시집『가시낭 꽃 바다』에서 보인 시적 형상화가 훨씬 더 탄탄하게 자리 잡고 있음을 본다. 한 시인이 거느리는 시적 사유가 어떻게 극적으로 형상화되고 있는가를 잘 보여주고 있으며, 시 창작의 전범이 될 만한 기법적 측면이 주목되기 때문이다. 시인은 일련의 창작 과정을 통해 한 작품으로 고려해야 할 여러 가지 사항을 다양한 방법으로 시도하고 있다. 이것은 물론 크게 보면 시적 묘사와 진술을 다 아우르면서 좋은 작품을 쓰고자 하는 노력의 일단이라고 간단하게 말할 수도 있을 것이다. 그러나 내용은 간단치 않다. 왜냐하면 묘사 하나만을 살피는 데도 단선적인 묘사가 아니라 중층의 겹무늬가 시도되고 있으며, 이는 어느 부분을 강조하느냐에 따라 판이하게 다르게 나타나고 있기 때문이다.

이파리도 꽃이 되는
초파일 연등 철엔

장미 농장 바닥에선
잘린 잎의 푸른 연못

헛손질 툭 부러진 꽃
팅겨나는
그리움
―「장미 연못」 전문

　우선 시집의 표제작이 되는「장미 연못」은 시인의 시적 체
험이 어떻게 사유화되면서 형상화 과정을 거쳐 한 편의 시가
되는가를 잘 보여준다. 아마 시인은 직접 운영하는 농장이나
이와 유사한 곳에서 장미꽃 잎이 무수히 잘려 나간 것을 목
도했을 것이다. 남들이라면 아무 생각 없이 지나쳤을 이 풍
경을 시인은 유심히 살펴보았을 것이다. 잘린 진초록 잎들은
바닥에 지천으로 널브러져 땅의 색깔이 보이지 않을 정도로
빼곡하게 뒤덮고 있다. 비쳐드는 햇살에 잘린 잎들이 더러
반짝거리기도 한다. 잡으면 팅겨 나갈 것 같은 빤질빤질한
이파리들이 물의 살갗 같다. 그러고 보니 푸른 연못이다. 그
런데 때는 바야흐로 초파일 무렵이다. 거리마다 연등이 내걸
렸다. 환하다. 시인은 이를 "이파리도 꽃이" 된다고 한다. 이
파리는 흔하고 흔한 것인데 이것이 꽃이 되는 것이니 모든

초라한 것도 다 대접받고 복을 누리는 시기인 셈이다. 그래서 "잘린 잎의 푸른 연못"도 꽃의 연못이 된다. 제목이 '푸른 연못'이 아니고 '장미 연못'이 된 이유이기도 하다. 그러나 실제의 "푸른 연못"엔 "잘린 잎"들만 존재하는 것이 아니라 "헛손질"로 "툭 부러진 꽃"도 더러 존재하고 그래서 그것이 돌출부를 이루면서 "그리움"으로 튕겨 오르기도 한다.

이 작품에서 특히 주목되는 것은 "이파리도 꽃이" 된다는 진술적 표현이 초장 첫 구절에서 바로 치고 나가고 있다는 점이다. 이 진술을 뒷받침하기 위해 시인은 묘사를 하고 있는데(진술 다음에는 반드시 묘사가 따를 필요가 있다. 묘사가 없는 진술은 죽은 진술이 되기 쉽기 때문이다.[2]) 이 묘사가 그리 간단치 않고 앞서 설명한 것처럼 뒤에까지 연속적으로 걸리면서 깊이 있는 울림으로 시를 끌어가고 있다.

늦봄이라 서둘렀나
황매화 어롱진 눈물

햇살이 쏟아진 오월
지은 죄도 사할 것 같은

꽃잎이 사방 날리는, 아픔도 꾹 참는다

―「황매」 전문

　「황매」에는 황매가 가지고 있는 특성이 일단 "어룽진 눈물"로 나타난다. 「장미 연못」이 다소 우회적인 수법을 쓰고 있다면 「황매」는 붉은색에 흰색이 섞이는 황매의 모습을 순간적으로 먼저 잡아내고 있다. 이 "어룽진 눈물"이라는 사유는 무엇인가에 불화가 생겨날 때의 표현을 요구하게 되고 시인은 초장 첫 구 "늦봄이라 서둘렀나"를 생각하게 됐을 것이다. 서두르다 화장의 뒤처리를 깔끔하게 못 했다는 것도 내포하지만 종장의 "아픔"하고도 연관을 맺게 된다. 시간적인 공간을 늦봄으로 설정한 이유는 황매를 실제적으로 본 시간대가 그래서일 수 있지만 종장 첫구의 "꽃잎이 사방 날리는" 낙화를 고려하면 보다 쉽게 수긍할 수 있다. 정작 중요한 것은 중장의 표현이다. "햇살이 쏟아진 오월 / 지은 죄도 사할 것 같"다고 한다. 속죄贖罪의 직접적인 지칭은 물론 오월의 햇살이다. 그만큼 눈부시다는 강조의 표현일 것이다. 그러나 이 문면은 그렇게만 해석되지 않는다. 중장 전체가 초장의 "황매화 어룽진 눈물"에 또한 걸리고 있기 때문이다. 이 경우가 전자의 경우보다 훨씬 묘미가 큼을 알 수 있다. "황매화 어룽진 눈물"이 "지은 죄도 사할 것 같"다고 보는 것은 시의 소재인 '황매'를 도드라지게 할 뿐만 아니라 주제의 심

화에도 크게 기여를 하기 때문이다.

한편 종장 후구의 표현은 주체가 누구냐에 따라 두 가지로 해석된다. 끝까지 드러나지 않는 서정 자아로 볼 수도 있고, "황매화 어룽진 눈물"로 볼 수도 있다. 전자로 보는 것은 간접적이어서 잘 살아나지 않지만 후자로 보면 예사 작품을 뛰어넘는 견딤의 미학이 오롯하게 잘 살아나고 있음이 주목된다.(사실 중장의 도치적 표현으로 인해 후자로 해석하는 것이 훨씬 자연스럽다.)

그렇다면 이 작품을 구상하여 한 편을 완성하기까지 시인의 형상화 과정은 한 땀씩 촘촘하게 엮어나가고 있음을 알 수 있다. 다시 말하자면 이 시는 "햇살이 쏟아진 오월"에 "황매화 어룽진 눈물"을 보니 "지은 죄도 사할 것 같은"데 벌써 "꽃잎이 사방 날리는, 아픔도 꾹 참는" "늦봄"이라는 자각을 이와는 다른 순서로 재구성하고 있는 것이라 볼 수 있다.

비행장 옆 농장 길엔 언제나 앞서 있다

확장 공사 바리케이드 소롯길마저 차단하는

봄날이 저문 이 땅에,

노랗다 슬픈 경계
—「민들레」 전문

이 작품은 구성이나 형상화 측면에서 보면 앞의 두 작품과 또 다르다. 「황매」는 초장에서 「장미 연못」은 중장에서 제목이나 소재에 관련된 내용들을 간파할 수 있어서 한 작품의 지향점을 파악하기에 손쉬웠지만 이 작품은 초장과 중장을 다 읽어도 주제나 소재에 대해 감을 잡기가 어렵다. 종장까지 다 읽어도 감이 잘 오질 않는다. 제목을 염두에 두고 종장 후구를 다시 보아야 그런 것인가 어렴풋하게 느끼게 된다. 소롯길은 사람이 적게 다니는 작은 길로 논둑길 같은 곳을 말한다. "비행장 옆 농장 길"은 아마도 늘 "확장 공사 바리케이드"를 치고 있는 모양이다. 비행장을 확장하려는 것일 텐데 농장으로 가는 논둑길마저도 노란 경계로 막고 선 비애를 색깔 이미지를 통해 비교적 선명하게 그리고 있다. 제목 「민들레」는 무엇을 의미하는지 직접적으로 드러나지 않는다. 민들레는 씨가 바람에 날려 다니다가 땅에 내리면 싹이 나고, 꽃이 피는 데 일주일이 채 걸리지 않는 것으로 유명하다. 꽃가루받이와 수정이 이루어지면 꽃대가 땅바닥 가까이 누웠다가 열매가 다 익으면 다시 하늘을 향해 고개를 쳐든다. 흔히 민들레 씨앗을 홀씨라고 부르는데 이는 잘못된 것이다. 꽃이 피지 않는 민꽃식물은 홀씨(포자)를 만들어 바람에 날려 번식한다. 그러나 민들레는 꽃을 피워 열매를 맺으므로 홀씨가 있을 리 없다. 민들레의 씨앗에는 갓털이라는 솜털이 붙어 있어 바람을 타고 멀리 퍼져나가는데 이런 모습이 홀씨와 비슷하지만 홀씨(포자)식물은 아니다. 갓털은 씨앗이 적당한 곳에 도달할 때까지 움직이지 않도록 씨앗을 고정해주고, 수분을 공급한다. 바람을 타고 멀리 퍼져나가는 갓털과 씨가 바람에 날려 다니다가 땅에 내려 싹을 내고 꽃 피우는 소시민적 모습을 상징하고 있는 것은 아닌지. 아니라면 민들레꽃의 노란색과 바리케이드 노란색을 견주어서 빚어낸 것은 아닌지. 아마 둘 중의 하나로 유추해볼 수 있을 것이다. 어느 쪽으로 보더라도 이 시가 주는 공간적인 미학은 다분히 슬픔의 정조로 젖어 있다.

「장미 연못」과 「황매」, 그리고 「민들레」는 똑같이 단시조이면서 자연을 소재로 하고 있다는 공통점을 지니고 있다. 시인이 유달리 제주의 자연에서 골라낸 생태적인 소재를 즐겨 다루고 있는 점이 주목된다. 이들 작품들은 이러한 공통적 요소에도 불구하고 이를 형상화시키는 방법은 이 세 작품이 상당한 차이를 보이고 있다. 「장미 연못」은 초장, 「황매」는 중장, 그리고 「민들레」는 종장에 무게중심이 놓여 있다.

주제가 어느 부위에서 드러나느냐에 따라 전개 방식이 차이를 보이고 있다. 시인이 풀어내는 방식이 아주 정교하게 잘 직조되고 있음을 우리는 주목하지 않을 수 없는데「장미 연못」은 방사형放射型이라 할 수 있고,「황매」는 집중형集中型,「민들레」는 귀납형歸納型이라 명명할 수 있을 것이다.

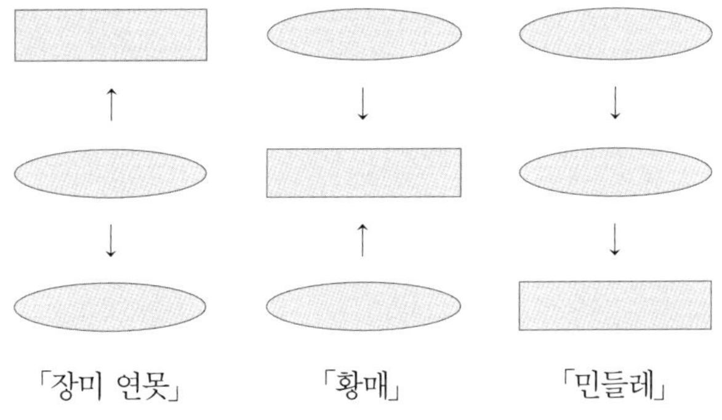

「장미 연못」은 중장의 묘사가 중층으로 연속 걸리는 부분이 압권이어서 이것이 초장의 진술과 종장의 묘사에 퍼져나가는 형태를 취하고 있으며,「황매」는 초장과 종장이 중장에 집중되는 형태를 취하고 있고,「민들레」는 개개의 구체적인 사실이나 현상에 대한 관찰로서 얻어진 인식을 그 유類 전체에 대한 일반적인 인식으로 이끌어가는 귀납歸納, induction의 방법을 취하고 있다. 「장미 연못」의 방사형放射型에 속하는

작품으로는 「봄날」, 「노래의 진원지」, 「선인장」, 「연어 이야기」 둘째·셋째 수 등이 있고, 「황매」의 집중형集中型에 속하는 작품으로는 「추억」, 「휘파람새」, 「동백꽃」 등이 있으며, 「민들레」의 귀납형歸納型에 속하는 작품으로는 「섶다리」, 「남천」, 「소나무 사랑」, 「명사십리」, 「빈집」, 「적막」, 「원추리꽃」 등의 작품을 들 수 있다. 단시조를 사실상 이러한 여러 형태로 구현하는 것은 결코 쉬운 일이 아니다. 김 시인의 작품에서 이에 대한 여러 형태를 확인할 수 있는 것은 그가 작품을 부려 쓰는 운용의 폭과 깊이가 결코 만만치 않음을 보여주는 것이다.

나. 시대에 던지는 화해의 고해성사

천여 평 온실 장미를 몽땅 베었다
생가지 자르는 동안 근처에도 못 갔다
환기구 모두 내리고 제풀에 마르게 했다
폐경된 나처럼 허옇게 변하던 이파리
마른 가지 스친 자리에 가시가 박혔다
녹이 슨, 못에 박히듯 시퍼런 독 퍼진다
동거한 날들을 차마 쉽게 못 놓으리

화석 같은 밑동에 시위하듯 솟는 새순
온몸이 꾹꾹 아리다,
장밋빛 피멍으로
―「폐원」 전문

이 작품은 천여 평 온실 장미를 몽땅 베어낸 아픔을 얘기하고 있다. 아마 온실의 장미가 병충해에 걸려 못 쓰게 된 것 같다. 장미에는 가지마름병이나 흑점병이 있다. 가지마름병은 줄기에 처음에는 회갈색의 원형 병반이 생기고 병반의 가장자리는 적자색을 띠며 표피층에 흑색 소립점을 형성하고 병든 줄기 부위의 윗부분이 말라 죽어간다. 흑점병은 잎에 흑갈색의 주연이 불명확한 원형의 병반이 생기는데 이 병에 걸리면 잎이 쉽게 떨어져 피해를 입는다. 아마 여기에서의 병은 "허옇게 변하던 이파리"로 보아 잎, 줄기에 흰 가루 형태의 반점이 생기는 흰가룻병(백삽병白澁病, powdery mildew)으로 판단된다. 병에 걸리면 곰팡이 균사류가 엉키기 때문에 식물체가 회백색을 띠게 된다. 병에 걸린 부위는 흉한 모양으로 뒤틀리면서 잎이나 줄기를 시들게 하고 열매의 질이 떨어지게 된다. 밤과 낮의 온도 차가 심한 지역이나 통풍이 잘되지 않는 곳에서 흔히 발생하는 것으로 알려져 있다. "환기구 모두 내리고 제풀에 마르게" 하며 "생가지 자르는 동안 근처에도 못" 가며 "천여 평 온실 장미를 몽땅 베"어내는 고통을 어디에 견줄 것인가. 시적 자아는 이를 자신의 "폐경"에 견준다. 새로움을 더 이상 생산해낼 수 없는 불모지의 쓸쓸함에 견주고 있는 것이다. 그러나 그 황폐함으로 인해 "마른 가지 스친 자리에 가시가 박"히고 "녹이 슨, 못에 박히듯 시퍼런 독 퍼"져나가도 시적 자아는 "화석 같은 밑동에 시위하듯 솟는 새순"의 의미를 용케도 잡아내고 있다. 아무리 아픈 시련이 다가와도 시인은 좌절하지 않는다. 시련이 그녀를 단련시켰기 때문일 것이다. 다음의 작품은 이를 잘 예증하고 있다.

겨울 끝자락 마른 풀 화르르 타오를 듯

송당리 마을 지나 다랑쉬 저 억새 들녘

누군가 확 그어대듯 이내 불꽃이 인다

발걸음 잠시 놓아도 허공에 눈물 젖는

덤불 속 찔레 제 몸 불씨 살리는 봄은

무자년, 고해성사로 이 땅이 주는 보속이다

광대나물 상모 돌리듯 섬 밖을 떠돌아도

끝내 못 내려놓던 내 등짝의 짐 하나

다랑쉬 잃어버린 집터, 푸른빛에 내려놓다
　　　　　　　　　　－「무자년, 고해성사」 전문

「폐원」이 개인사적인 고통과 아픔을 형상화한 것이라면 여기 「무자년, 고해성사」는 대사회적이면서 역사적인 아픔을 형상화하고 있다. 그러나 이 작품은 기존의 4·3을 얘기한 것과는 다른 위치에 놓인다. 시인은 이 작품에서 화해를 시도하고 있기 때문이다. "끝내 못 내려놓던 내 등짝의 짐 하나"를 "푸른빛에 내려놓"고 있기 때문이다. 내려놓은 장소는 "송당리 마을 지나 다랑쉬 저 억새 들녘" "다랑쉬 잃어버린 집터"인데 역시 무자년 끔찍한 일이 벌어졌던 공간이다. 시인은 이렇듯 역사적 사실과 이로 인한 현실적 아픔을 외면하지 않는다. 오히려 세월이 흘러 미움도 잘못도 다 풍화된 그곳을 "푸른빛"으로 바꾸며 고해성사를 하고 있다. "덤불 속 찔레 제 몸 불씨 살리는 봄"이 다시 온 것은 4·3의 상흔이

준 "보속"의 의미를 지니고 있다. 칠흑 같은 어둠이라도, 지 워지지 않는 화인火印이라도 이제 다 떠나보내야 한다. 이는 분명 이전의 자세와는 다르다.

등 돌리면 떠나리 사월의 이야기는
활시위 당기듯이 바다를 당기는 달아
한라산, 그 물음 앞에 섬으로 앉아 있다
―「내 한라산」 셋째 수[3]

가을 끝물 소섬은 끝내 울음 못 참는다
아버지 제삿날에 승선권 사서 들면
파도는 섬 바위 핥듯, 우도봉을 오른다
―「우도 쑥부쟁이」 첫째 수[4]

전자의 작품이나 후자의 작품에 나타난 4·3은 "섬으로 앉 아 있"거나, "가을 끝물 소섬은 끝내 울음 못 참는다"에서 보듯 참아내기 힘든 고통을 수반하고 있다. 그래서 시적 자 아는 이러한 지우지 못한 상처 앞에서 늘 왜소할 수밖에 없 는 부채 의식에 시달린다. 제주인이라면 가질 수밖에 없는 죄의식을 가지고 있는 셈이다. 이러한 죄의식으로 인해 아무 리 그 시대가 슬퍼도 "그 슬픔의 그 눈빛도" 증언하며 그 터에 "발 먼저 세상에 딛고 중심을 잡"으며(각각 「내 한라산」 첫 수와 둘째 수) 살아갈 수밖에 없으며, "바다만큼 키 낮추"며 "백년등대 그처럼 때론 멍하"게(각각 「우도 쑥부쟁이」 둘째 수와 셋째 수) 아픔을 감내할 수밖에 없는 존재들로 나타나고 있다. 말하자면 희망이나 치유의 불씨를 살리기 힘들었던 고통의 역사가 이번 시집에 들어서는 조용한 변모를 보이고 있는 셈이다.

하모리 시퍼런 파도 눈물처럼 시린데

팔월 여름 끝자락, 흙먼지 팍팍한 길

온몸이 흥건히 젖어 가슴 깊게 스민다

산과 바다와 오름이 나를 에워싸고

섯알오름 너른 땅 한끝으로 인도하는

바람결 그 예비검속 무참함을 듣는다

달개비, 갯완두꽃 총총히 피어올라

매장했던 자리에 남겨진 것은 새 발자국

모슬포, 그 누구에게도 차마 길을 못 묻는다
―「모슬포」전문

이 작품은 주에 밝혀진 것처럼 1950년 한국전쟁 당시 모슬포경찰서 관내에서 예비검속으로 구금됐던 구금자 중 252명이 무참히 학살당한 내용을 담고 있다. 물론 그 이전의 4·3은 이보다 더 참혹했지만 전쟁이 휩쓸고 간 잔혹한 그해 8월 대정읍 섯알오름 부근의 현장은 파도마저도 "눈물처럼 시"리게 부딪쳐 온다. "새 발자국"만 남아 있는 "매장했던 자리"의 모슬포에서는 "그 누구에게도 차마 길을 못 묻"지만 시인은 이 자리에서도 "총총히 피어"오르는 "달개비, 갯완두꽃"에 주목한다. 죽음의 상처를 치유하며 피어오르는 생명력을 바라보고 있는 것이다. 이는 「폐원」에서 보듯 "장밋빛 피멍으로" "온몸이 꾹꾹 아리"더라도 "화석 같은 밑동에 시위하듯 솟는 새순"의 의미와 상통하며 「무자년, 고해성사」에서 보이는 "누군가 확 그어대듯 이내 불꽃이" 이는 "덤불 속 찔레 제 몸 불씨 살리는 봄"과 "다랑쉬 잃어버린 집터, 푸른빛"의 생명력과 동질의 것이다.

요컨대 시인은 지우지 못한 상처 앞에서 늘 왜소할 수밖에 없는 죄의식을 견디고 거기에 생태적인 상상력을 통해 눈부신 생명력으로 치환시키고 있는 것이다. 이 점은 시인의 가장 큰 장점이다.

> 그 오랜 시간 머물던 바람의 초록 향기는
> 나무의 몸을 핥고 전신에 피 돌게 한다
> 유월 숲, 어떤 상처도 예서는 아물 것 같은
>
> 경계를 풀어 살갗이 짓무르고 하나 되는 일
> 연리목 신령스런 사랑 그만의 방식으로
> 이제는 굳어진 명치끝, 딱따구리가 헤집는다
>
> 내게 정녕 전하고픈 무슨 말 있었을까
> 나무의 등걸마다 글자 한 자씩 새기는
> 초여름 먹먹한 사랑에 먼 하늘 우러른다
> ―「비자림 연리목」 전문

　시인이 이 작품에서 보여주는 "경계를 풀어 살갗이 짓무르고 하나 되는 일"의 함의는 상당히 복합적이다. 분명 이 안에는 시대의 아픔을 견디고 그 상처가 치유되는 과정이 들어있음 직하다. 왜냐하면 이 과정은 "오랜 시간 머물던 바람의 초록 향기"이기 때문이다. 결코 적지 않은 시간을 묵히고 갈무리했던 인고가 엿보인다. "나무의 몸을 핥고 전신에 피 돌게 한다"는 생명성의 회복이 "어떤 상처도 예서는 아물 것 같은" 예감을 갖게 한다. 이러한 피돌기는

　　겨울 봄 지나 한여름
　　집 껴안는 담쟁이가
　　댓돌 마루며 안방까지
　　손을 뻗어나갔다
　　상처에
　　푸른 피 돌아
　　빈집이 웅성거린다
　　　　―「빈집」 둘째 수

　　덕진진 바다를 향한 철갑의 총포에서
　　외진 골목 앉은뱅이로 피고 지는 저 풀꽃들
　　또 한 번 전승을 알리는, 이름 모를 병사 같다
　　　　―「강화, 덕진진에서」 셋째 수

　"현관 문짝도 떨어져"(「빈집」) 나간 빈집마저도 생기가 넘치게 하며 외진 곳의 이름 없는 풀꽃들마저도 "또 한 번

전승을 알리는, 이름 모를 병사 같”(「강화, 덕진진에서」)게
도 한다.

불가마 달군 눈물에, 허리 펴는 술패랭이꽃(「술패랭이꽃」
마지막 수 종장)
따습던 봄바람이 / 바퀴살로 돌고 돌아(「봄빛」 둘째 수 중
장)
온몸으로 / 생을 들어 올리는 풀벌레 소리(「노래의 진원
지」 초장)
새소리 / 붉은 울음도 / 툭, 툭, 툭 / 던져낸다(「동백꽃」 종
장)
수묵빛 바람 일어 백매 향 흩어진다(「백동경」 마지막 수
중장)
손바닥 연두 이파리로 / 몸을 칭칭 감았다(「칡넝쿨」 첫 수
종장)
어머니 / 짜디짠 생으로 / 망초꽃을 피운다(「추자도」 마지
막 수 종장)

이 시집에는 생태학적 상상력이 푸른 광휘의 생명력으로
타오르는 표현들이 이처럼 많이 등장한다. 이것은 시인이 첫
시집 이후 지속적으로 보여주고 있는 제주 자연에 대한 애정

과 무관하지 않다. 제주의 '오름'이 보여주는 광대무변한 대지적 여성성과 수많은 자생 풀꽃과 숲의 풋풋하고 싱싱한 생명력이 시인의 시 속에서 하나씩 피어나고 있다.

이 시집의 해설을 마무리하면서 필자는 김윤숙 시인이 보여주고 있는 시적 대상에 대한 정교한 형상화 기법이 한국 시조 문학의 묘사 기법을 한 차원 더 높게 이끌어주고, 개인적으로는 더 나아가 견고하고 탄탄한 울림의 큰 시를 우리에게 선사해줄 것이라는 신뢰를 갖게 되었다.

1) 김윤숙, 『가시낭꽃 바다』, 고요아침, 2007, 62쪽.
2) 이지엽, 『현대시 창작강의』, 고요아침, 2005, 471쪽.
3) 김윤숙, 『가시낭꽃 바다』, 고요아침, 2007, 29쪽.
4) 김윤숙, 『가시낭꽃 바다』, 고요아침, 2007, 65쪽.